그리 평범하지만은 않은 제 발자취가 여러분
에게 용기와 희망의 작은 증거가 되길 바라며
이 책에 정성을 담뿍 담아 드립니다.

봄과 함께, 황수관 드림

황 수 관

나는 오늘도 행복한 사람

북오션은 책에 관한 아이디어와 원고를 설레는 마음으로 기다리고 있습니다. 책으로 만들고 싶은 아이디어가 있으신 분은 이메일(bookrose@naver.com)로 간단한 개요와 취지, 연락처 등을 보내주세요. 머뭇거리지 말고 문을 두드리세요. 길이 열릴 것입니다.

나는 오늘도 행복한 사람

초판 1쇄 인쇄 | 2012년 4월 10일
초판 1쇄 발행 | 2012년 4월 20일
지은이 | 황수관
펴낸이 | 박영욱
펴낸곳 | 북오션

경영총괄 | 정희숙
책임편집 | 이상모
편집 | 주재명 · 권기우
기획 · 홍보 | 유나리 · 원종경
마케팅 | 최석진
표지 및 본문 디자인 | 서정희
디자인 | 최희선 · 박진희

주 소 | 서울시 마포구 서교동 468-2번지
이메일 | bookrose@naver.com
트위터 | @Book_ocean
페이스북 | bookocean
카 페 | http://cafe.naver.com/bookrose
전 화 | 편집문의 : 02-325-5352   영업문의 : 02-322-6709
팩 스 | 02-3143-3964

출판신고번호 | 제313-2007-000197호

ISBN 978-89-93662-65-8 (03810)

* 「이 도서의 국립중앙도서관 출판시도서목록(CIP)은 e-CIP홈페이지(http://www.nl.go.kr/ecip)와 국가자료공동목록시스템(http://www.nl.go.kr/kolisnet)에서 이용하실 수 있습니다.(CIP제어번호: CIP2012001373)」
* 이 책은 북오션이 저자권자와의 계약에 따라 발행한 것이므로 이 책의 내용의 일부 또는 전부를 이용하려면 반드시 북오션의 서면 동의를 받아야 합니다.
* 책값은 뒤표지에 있습니다.
* 잘못 만들어진 책은 구입하신 서점에서 교환해 드립니다.

나는 오늘도 행복한 사람

황수관 지음

북오션

포토에세이를 펴내면서

이번에 제가 포토에세이를 펴내게 되었습니다. 저 황수관의 지난날을 살펴보면, 다른 분들과 좀 다른 삶을 살아 온 것 같습니다. 먼저 저는 내 나라 대한민국 내 고향에서 태어나지 못했습니다. 나의 아버지는 일본 식민지하에 나라 뺏긴 서러움을 가슴에 안고 허기진 배를 채우기 위해서 중국으로 건너 갔습니다. 아버지가 중국에 그대로 살았으면 저는 '조선족'이 되었을 것입니다. 아버지는 다시 일본으로 건너 갔습니다. 일본에 그대로 살았으면 저는 '재일교포'가 되었을 것입니다.

저는 해방둥이로서 1945년에 일본에서 태어났습니다. 부모님은 해방된 기쁨의 눈물을 흘리시면서 갓난아기인 저를 품에 안고 누나

둘과 조국 대한민국의 품에 안겼습니다. 조국의 품에 돌아 왔으나 가난을 면치 못했습니다. 이런 가운데 제 나이 다섯 살 때인 1950년에 6·25가 터졌습니다. 피난길에 갖은 고생을 다했으나 다행히 목숨만은 구할 수 있었습니다.

　초등학교를 졸업하고 중학교에 갈 형편이 못되어 지게를 지고 뒷산에 나무하러 가서 그렇게 울었습니다. 그런데 이것이 웬일입니까! 제 귀에 돈 없고 가난한 사람 공부시켜주는 학교가 있다는 소식이 들렸습니다. 그곳은 포항영일 중학교였습니다. 저는 지게를 벗어 던지고 집에서 18킬로미터나 떨어진 중학교를 물어 물어 찾아갔습니다. 학교에 도착하니 해가 서산에 지고 있었습니다. 교무실로 뛰어가서 입학 허락을 받으니 왜 그렇게 눈물이 나는지요. 이 기쁨은 말로 표현할 수 없었습니다.

　새벽 네 시에 일어나서 책보자기를 동여매고 산을 다섯 개 넘고 형산강을 건너 학교에 갔습니다. 새벽 네 시에 출발해야 여덟 시 반에 학교에 도착할 수 있습니다. 제가 사는 마을에서는 저 혼자만 중학교에 다녔습니다. 산을 두 개 넘어야 날이 새고, 하나 더 넘어야 해가 떠 오릅니다. 얼마나 무서웠는지, 얼마나 외로웠는지 모릅니다. 그래도 저는 오로지 공부를 해야 되겠다는 일념으로 결석도 거의 하지 않고 정말 열심히 신바람 나게 다녔습니다.

중학교를 졸업하고 고등학교 다닐 형편이 못 되었는데, 마침 경주 안강중학교 병설 농고가 문을 열었습니다. 선생님이 찾아와서 "중학교 졸업하고 놀면 안 된다. 이 안강 농고에 들어오면 장학생을 시켜 주겠다"고 하기에 기쁜 마음으로 고등학교에 들어가서 장학금을 받아 그 돈으로 고추밭을 샀습니다. 고등학교에 입학할 때는 50명 정도 들어 갔는데, 똥통 학교라고 거의 다 나가버렸습니다. 저는 고추밭 때문에 못 나갔습니다. 하하하! 그래서 졸업할 때 열세 명만 졸업하게 되었습니다. 그런데 문교부에서 학생이 없다고 모교를 폐교했습니다. 그래서 안강 농고는 제가 입학할 때 처음 생겨서 졸업할 때 없어졌기 때문에 총 동창이 열세 명뿐입니다. 선배도 없고 후배도 없습니다.

고등학교를 졸업하고 대학을 가야하는데 갈 형편이 못 되었습니다. 첫째는 실력이 없고, 둘째는 돈이 없었습니다. 실력이 없는 이유는 농고에서는 감자 심고 고구마 심고 똥물 푸는 것이 공부였기 때문입니다. 돈 없는 사람은 사범대학교에 가면 공부를 할 수 있다는 소식을 듣고, 그때부터 아버님 일손을 도우며 어렵사리 공부해서 대구 교육대학교에 입학하게 되었습니다. 그때 그 기쁨은 이루 말할 수 없었습니다.

돈이 들지 않는 학교에 들어갔으나 먹고 자는 것이 문제였습니다. 숙식을 해결하기 위해 가정교사로 들어갔습니다. 부자집 자녀 셋을

밤 열두 시까지 가르치고, 애들 잠을 재우고 난 후 세수하고 들어와서 그때부터 내 책을 펴고 공부하기 시작했습니다. 그렇게 공부했는데도 다행히 졸업생 280명 가운데 학업우등상을 받았습니다.

어머님이 시골에서 우리 아들 상 받는다고 축하하러 오면서 꽃다발은 가져오지 않고 찰떡을 빚어 온 것을 잊을 수가 없습니다. "엄마 왜 찰떡을 가지고 왔어?" "애야 꽃은 금방 시들지만 찰떡을 먹고 나면 속이 든든하다." 어머니의 그 대답이 지금도 제 귀에 들리는 것 같습니다. 저는 그 당시 어머님을 꼭 껴안고 감격의 눈물을 하염없이 흘리면서 가슴속으로 이렇게 말했습니다. '엄마, 내 꽃다발 안 받아도 괜찮아요, 사진 안 찍어도 괜찮아요.'

다른 친구들은 지방으로 발령받아 가는데, 저는 시내 중심지에 발령을 받았고, 이것이 연세대학교 교수가 되는 데 기틀이 되었습니다. 그때부터 야간대학 야간대학원을 밤이슬 맞으면서 다닌 덕분에 박사학위를 받게 되었고 드디어 최고의 명문 대학인 연세대학교의 교수가 되었습니다.

초등학교 교사를 하다가 연세대학교 교수가 된 것은 연세대학교 역사상 보기 드문 사건이 아닐 수 없습니다. 발령장을 받는 순간 너무 너무 감격해서 화장실에 들어가서 울다가 웃다가를 반복했습니다.

연세대학교에 몸을 담게 된 해는 1987년, 제 나이 이미 마흔이 넘었을 때입니다. 그때부터 강의며 연구며 정말 열심히 했습니다.

연세대학교에 근무한 지 10년이 지난 1997년 2월, TV에 출연해서 '신바람 건강강의'를 하게 되었습니다. 이 강의가 제 인생을 이렇게 바꾸어 놓을 줄 몰랐습니다. 저는 온 국민이 다 아는 '신바람 건강박사 황수관'으로 탈바꿈하였습니다.

그때부터 지금까지 이렇게 바쁜 삶, 신바람 나는 삶을 살고 있습니다. 학교 강의며, 방송 출연이며, 국내외 초청강의며 눈코 뜰 새가 없습니다. 세계 여러 나라도 많이 다녔습니다. 미국만 해도 이미 100여 개 도시를 돌면서 우리 교민들을 위로하고 교회 간증도 정말 많이 했습니다.

지난해에는 제가 외교관이 되었습니다. 개발도상국 보건의료 협력대사로서 활동을 하게 된 것입니다. 발령을 받자마자 두 달 동안 필리핀, 베트남, 아프리카, 르완다, 에티오피아를 방문했습니다. 이들 개발상국가의 실상과 한국국제협력단(KOICA)의 활동, 이들을 돕고 있는 봉사자들이 구슬 땀을 흘리는 현장을 살펴보고 격려도 할 겸 방문하였습니다. 이번에는 KBS '굿모닝 대한민국' 팀이 취재차 동행하였습니다. 힘은 들지만 정말 신바람 납니다.

이와 같은 삶을 '포토에세이'로 엮어 보았습니다. 이 포토에세이가 나오기까지 수고를 아끼지 않은 북오션의 박영욱 사장님을 비롯한 여러 직원들과 사진작가이신 김문환 사장님께 감사를 드립니다. 또

한 오늘이 있기까지 묵묵히 내조해 온 나의 아내 손정자 권사에게 감사드리며, 특히 아버지 일이라면 늘 앞장서는 내 아들 황진훈에게 감사를 드립니다.

한 가지 아쉬움이 있다면, 처음부터 이 포토에세이를 펴내기 위해 사진을 준비한 것이 아니기 때문에, 꼭 넣어야 할 사진들이 없어 안타깝기 그지 없습니다. 특히 어릴 때 사진은 거의 없습니다. 백일 사진은 물론 돌사진도 없습니다. 초등학교 사진은 고작 졸업사진 정도입니다. 정말 아쉽습니다. 그리고 사진의 화질도 변변치 못합니다. 이 포토에세이를 위해 별도로 촬영은 하지 않았습니다. 있는 그대로 지난날의 사진을 찾아서 그중에 골라서 이렇게 엮어 보았습니다. 미흡한 점이 있지만 이렇게 제 신바람인생을 보여드릴 수 있다는 것만으로도 감사를 드립니다. 부족한 점이 있을지라도 널리 이해해 주시기를 바라며 인사를 갈음합니다.

늘 신바람 나소서.

황수관 드림

차 례

나의 믿음

프롤로그

연세대학교 교수

강남중앙교회장로

2002년 월드컵 축구 자문위원

2011 대구세계육상선수권대회 홍보대사

APEC 정상회담 홍보대사

대한적십자홍보대사

민주평통 정책 자문위원

개도국 보건의료 협력대사

한국국제협력단(KOICA) 홍보대사

아직 열거하지 않은 직함만도 여럿 남아 있다.

별명은 또 어떤가.

신바람 박사

호기심 박사

스마일 박사

이야기 박사 등등

모두 다 고마운 별명들이다.

“호기심 박사님, 사인해주세요.”

지금의 내가 이렇게 건강하게, 바쁘게, 그리고 모든 일을 기쁘고 감사하게 할 수 있었던 원인들은 무엇일까?

이 모든 것들을 곰곰이 생각해 보았다. 그리곤 드디어 결론을 내렸다.

모든 것이 나의 사랑, 나라, 믿음이 있었기에 가능했었다고……

우리 부부 · 맏딸 · 둘째딸 · 아들

나의 사랑

결혼생활은 모든 문화의 시작이며 정상(頂上)이다.
그것은 난폭한 자를 온화하게 하고,
교양이 있는 사람에게 있어서
그 온정을 증명하는 최상의 기회이다.
결혼은 참다운 뜻에서 연애의 시작이다.

" 칠 남매의 맏며느리가 된다는 중압감에 웃음이 사라졌을까? "

결혼생활은 모든 문화의 시작이며 정상(頂上)이다.

그것은 난폭한 자를 온화하게 하고,

교양이 있는 사람에게 있어서

그 온정을 증명하는 최상의 기회이다.

결혼은 참다운 뜻에서 연애의 시작이다.

- 괴테

참
다행이야

동생들만 키우다가 나이 먹는다는 큰 누나의 걱정에 등 떠밀리다 시피 나간 다방에서 처음 만난 아내.

음악다방 하이마트에서 알지도 못하는 클래식을 들으며 애써 졸음을 참았었다.

어두운 극장에서 〈만추〉를 보며 손 한 번 잡아볼까 하는 마음에 가슴이 뛰었지만, 결국 손끝도 대지 못하고 극장을 빠져나왔다.

영화에 감동을 받아 눈물을 흘리고 있던 그녀를 본 순간 나는 마음속으로 외쳤다.

'다행이다, 다행이다.'

지금까지 내 곁을 지켜주고 있는 사랑하는 아내의 얼굴을 보며 또 마음속으로 외친다.

'다행이다. 다행이야.'

"자식들이 마련한 회갑연. 나란히 앉아 있는 즐거운 모습 뒤
로 어려운 시절, 믿음을 가지고 묵묵히 기다리고 또 기다려
준 아내의 모습이 스쳐 지나간다."

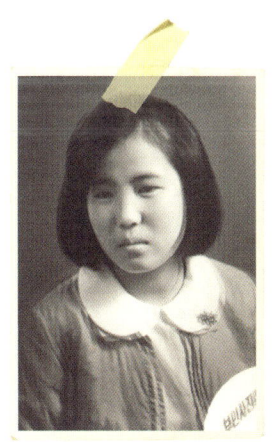

"결혼 전 아내는 수녀가 되는 꿈을
꾸었다. 수녀가 되어 하나님께 보
냈을 사랑을 내가 일부 빌렸으니
어찌 고맙지 않겠는가?"

익숙해진
잠자리

좁은 단칸방.

아이들은 낮에는 책상에 앉아서 공부를 하다가 밤이 되면 의자를
모두 책상 위로 올려놓았다. 책상 밑으로 머리를 넣어야 겨우 발
을 뻗고 잘 수 있는 공간이 생기기 때문이었다.

어느덧 다 자란 딸들은 냄새나는 화장실에서 옷을 갈아입으면서
도 아빠를 염려해주었다.

방이 두 개나 되는 집으로 처음 이사를 한 날. 아이들은 이 방 저
방으로 뛰면서 놀았다. 밤이 되어 잠을 청하려는데 어느덧 모두가
한 방에 모여 있었다.

한 곳에서 자는 것이 익숙해져 버린 우리였다.

스물세 번이나 옮긴 끝에 넉넉한 곳으로 이사를 온 지금도 그때의
정은 사라지지 않는다.

❝딸 둘과 막내아들. 단칸 방에 살면서도 아이들은 잘도 낳았다.❞

❝특별히 노래를 잘하지 않아도 가족 특송을 자주 했다. 바칠 게 없으니 노래라도 바쳐야지……❞

❝오랜만의 피서인데 큰딸의 모습이 보이지 않는다. 아! 사진 찍고 있구나.❞

" 잠실에 살 때는 한강변에 나가서 배구를 참 많이 했다. "

" 큰딸은 누구를 닮았는지 글을 참 예쁘게 잘 쓴다. 학교에서 서예전을 열기도 했다. "

마음으로 키운
아이들

초등학교 선생을 관두고 연구에만 몰두했다.

돌아오는 것은 가난뿐이었다.

그 탓에 아이들이 커가는 모습을 사진으로 남기지 못했다. 심지어는 돌 사진도 못 찍었다.

아이들은 학원을 그만두어야 했다.

나중에 그렇게 키운 아들이 내가 연세대 병원을 새로 짓는 데 퇴직금 2억을 기부하겠다고 하자 옆에서 거든다. 아버지가 2억을 기부하지 못하면 자신이 대신하겠다고…….

돈이 아니라 마음으로 키운 아이들의 덕을 톡톡히 보는 요즘이다.

저리도 깨끗이 웃으니 내가 깨끗해질 수밖에 없다.

하늘에 걸린 무지개 보면

내 가슴은 뜁니다.

나 어렸을 때 그러하였고

어른 된 지금도 그렇습니다.

늙어진 연후에도 그러하기를

어린이는 어른의 아버지

내가 사는 하루하루

타고난 경건함에 얽혀지기를

- 워즈워스, 「무지개」

오늘도 난
행복한 사람

내 나이 이순을 넘어 세상의 이치를 깨닫고 나니 비로소 행복은
소유하는 데서 오는 것이 아니라 누리는 데서 얻는 것임을 알게
되었다.

행복이란 웃음 그리고 감동, 또 무엇이 필요할까?

함께해서 행복했고 웃음이 가득 차 있으니 행복했다.

그래서 난 과거도, 현재도, 미래에도 행복한 사람이다.

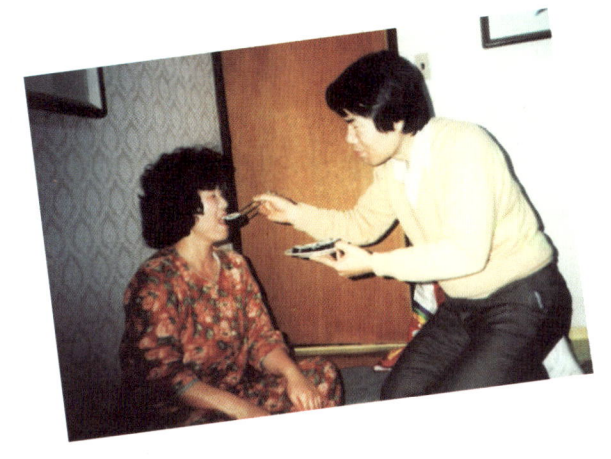

맵싸한 고추장을 함께 젓는 것만으로도 행복한 웃음이 흘러나온다.
함께 나누니 즐겁고 즐겁다. "여보, 수고했어요."

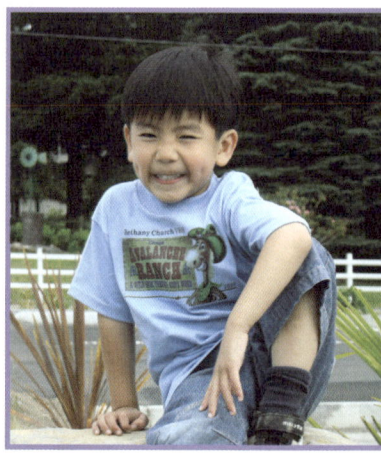

손주들이 늘어나 이제 해마다 가족사진을
새로 찍지 않으면 안 되겠다.

손주에게 줄
가장 큰 선물

뉴올리언스 주에 허리케인이 닥쳤을 때, 미국 순방 중이던 나는
여비를 몽땅 털어 성금을 내고 기쁜 마음으로 돌아왔다.
그런데 인천공항으로 마중 나온 손주 녀석이 하는 말.
"할아버지, 선물주세요."
뽀뽀로 대신할 수밖에 없었다.
대신 손주에게 평생 가는 선물을 한다면, 책 읽는 습관을
들이라고 말하고 싶다.

좋은 책을 읽어라.
정독하는 습관을 가져라.
균형 있게 책을 골라라.
도서관을 이용해라.

저출산 고령화
공동대표란다

요즘 손자 손녀 복이 터져 신바람 난다.

큰딸이 아들, 딸을 낳고, 둘째 딸이 아들, 딸을 낳고, 막내아들이

아들, 딸을 낳았다. 손자 셋, 손녀 셋이 되었다.

욕심이 생긴 나는 아이들을 모아놓고 말했다.

"내가 이번에 저출산 고령화 공동대표 수락하고 싶은데 자격이 좀

모자라서 수락하기 힘들다. 너희들이 하나씩만 더 가지면 응할 수

있을 것 같은데……."

농담 반 진담 반, 그 이야기를 알아들었는지

둘째가 아들을 하나 더 얻었고, 막내가 딸을 하나 더 낳았다.

이제는 당당히 저출산 고령화 공동대표를 수락할 수 있게 되었다.

요즘 막내 손자, 손녀 보는 재미에 푹 빠져 있다.

요즘은 자식 복이 있다고 주례를 봐달라는 신청이 밀려들어 온다.

자식 복과 함께 주례 복도 터졌다.

“ 시집간 두 딸…
아들 · 딸 낳고 다복하니 반갑구나! ”

결혼이란

남녀가 결혼하여 한 이부자리에 누우면 실제로는 여섯 명이 누워 있는 것이라고 한다. 남편의 부모와 아내의 부모 그리고 결혼한 남녀.

여섯 명의 인생과 경험이 모두 다른데 어찌 남녀가 조화로울 수만 있겠는가?

다름을 인정하고 조화하라.

누룽지 같은 고향

우리 가족들이 모두 평안하니 마음이 놓인다.

문득 붉게 타오르는 장작들이 구들을 따뜻하게 데우고,

검은 솥에서 나는 고소한 누룽지 타는 냄새, 달콤한 밥물 넘치는

냄새가 코끝을 간질인다.

눈을 떠보니 그것은 고향의 냄새였다.

내 고향은 바람이 머물다 간 땅이다.

경주 안강.

바람이 머물다 가는 곳

안강은 동서남북에서 불어오는 바람들이 머물다 가는 들이 넓기로 유명한 곳이다.

아침이면 동네 여인들이 우물가에 나와 쌀을 씻으며 새벽을 깨운다. 농가의 소년들은 허기진 배를 채우려 들로 산으로 돌아다닌다. 그렇게 돌아다니다 풀밭에 누우면 구름은 더없이 아름다운 그림이 된다.

통발을 놓아 논에서 미꾸라지를 잡으면, 삼시세끼가 거뜬했다.

고구마가 가장 맛있는 음식이라고 생각했던 그 시절.

시집 간 둘째 누나네 집에는 고구마가 많았다.

누나에게 놀러가서 배가 터지도록 고구마를 먹고,

고약하게도 밤새 방귀를 뀌었다.

유해 식품과 스트레스에 시달리는 현대인·도시인들이 내 고향 안강으로 간다면 일 년 안에 병이 씻은 듯 나으리라.

> 바다의 섬처럼 평평한 들 한가운데 덩그러니 서 있으면
> 겨울의 매서운 바람이 고스란히 몸 속으로 들어온다.

> 세수하고 나면 머리에는 고드름이 맺혔다. 그 물에서
> 빨래를 하던 아낙의 손은 어찌 되었을까?

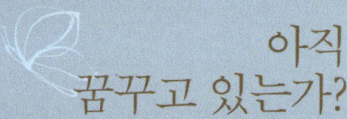

아직
꿈꾸고 있는가?

겨울, 안강의 바람은 매서웠지만 그렇게 불어오는 바람 덕에, 연

날리기를 좋아하는 나에게는 천국 같은 곳이었다.

하늘 높이 날아오르는 연을 보면 내 몸도 둥실 떠서 날아오르는

것 같았다.

나는 소원했다.

나도 연처럼 멋지게 비상하게 해달라고…….

많은 것을 이루고 나는 다시 연을 날린다.

그리고 나에게 물어본다.

지금도 나는 꿈꾸고 있는가?

물론이다!

초등학교 교사 시절 수학여행 첨성대 앞에서

꿈을 보는
자리

서울에서야 경주가 머나먼 수학여행 코스겠지만, 내 고향에서는
바로 코앞이다.

초등학교 교사 시절 아이들을 데리고 첨성대에 갔었다.

첨성대 안으로 들어가지는 못했지만, 아이들은 꿈을 보았을까?

나는 누구보다도 배우려는 의지가 강했다. 걸어서 네 시간, 왕복
여덟 시간이나 걸리는 중학교를 뛰어서, 걸어서 다녔다.

비료 포대에다가 글을 쓰며 공부를 했고, 도배할 일이 있으면 도
배지 안쪽에 공부를 한 후 풀을 먹여 발랐다. 꿈이 있는 나에게는
힘든 일이 아니었다.

아이들에게 알려주고 싶었다.

꿈이 있는 곳에 길이 있다는 것을, 꿈을 멈추지 않는 한 절대로 지
지 않는다는 것을……

하나님,
공부를 하고 싶습니다

중학교를 졸업할 때가 다가오자 고민이 생겼다. 집안 사정상 고등학교를 가겠다고 말할 수 없었다.

하나님은 내 소원을 빨리도 들어주셨다. 안강에 농고가 생긴 것이다. 게다가 장학금도 준다고 했다. 난 장학금을 받아 어머니를 드렸다. 어머니는 그 돈으로 고추밭을 사서 거기서 나온 돈으로 공부를 계속시키겠다고 하셨다.

그리곤 온 동네에 자랑을 하고 다니셨다.

보래이! 고추달린 놈이 고추밭을 샀대이!

까까머리 검정 교복, 모두 똑같아 보여도 내가 제일 잘났다. 하하하.

배움이라는
도전

사각모를 여러 번 썼다. 모자를 쓸 때마다 감투도 늘어났다.

나에게 사각모는 영광의 흔적이라기보다 도전의 흔적이었다. 대

구교대를 졸업할 때 5등 이내에 들어야 시내로 교사 발령을 해준

다는 조건이 있었다.

계속 공부를 하려면 5등 이내에 들어야 했다. 연탄가스를 마셔도

펜을 놓지 않았던 집념으로 시내에 발령을 받을 수 있었다.

대학을 우등생으로 졸업한 다섯 명은 대구시로 발령을 받았다. 덕

분에 4년제 대학으로 편입해 공부를 계속할 기회가 주어졌다.

그냥 아이들을 가르치면서 조금 편안하게

살 수도 있었을 것이다. 하지만 내 꿈은

끝나지 않았기에 멈출 수 없었다.

66 만학. 99

Stay Hungry,
Stay Foolish

아이들에게 운동을 가르치면서 좀 더 체계적으로 체육에 대해 알고 싶은 욕심이 생긴 나는, 또 다시 의학에 관심이 생겨 의학공부를 시작했다.

체육과를 다니는 학생이 의학공부를 한다는 것이 매우 특이해 보일 법했다.

구석 자리에 앉아 청강을 하며 의학공부를 했다.

그리고 의대 조교가 되었고, 의대 교수가 되었다.

체육과 학생이 의대 교수가 되리라곤 아무도 상상하지 못했을 것이다. 하지만 도전하면, 묵묵히 자신이 원하는 길을 헤쳐나가면, 이루어진다.

젊은이들아 도전해라.

도전하지 않으면 실패에서 얻는 열매도 없을 것이요, 성공의 기쁨도 없을 것이다.

틀림없이 기뻤을 테지만 사진만 찍으면
무뚝뚝하게 변하는 것이 스승이나 제자나
똑같다.

아무리 좋은 부모라도 훌륭한 스승이 되기는 어렵다.

끊임없이 규칙을 만들고 강요하며 통제해야만

부모로서의 역할을 다하는 것이라고 믿는 사람이 있다.

하지만 그 결과는 오히려 아이를 나약하고 비관적인

사람으로 만들 뿐이다.

- 고든 리빙스턴, 『너무 일찍 나이 들어버린 너무 늦게 깨달아버린』 중

에서

내가 심은 씨앗은
피어나고

칼릴 지브란은 교육은 새로운 씨앗을 심는 것이 아니라 그 속에 있는 씨앗을 싹틔우는 것이라고 하였다.

나에게 어린 씨앗을 싹틔울 기회가 있었다는 것은 신이 내게 주신 축복이다.

대구 최고의 변두리 해안초등학교 교사로 발령받았을 때, 그곳에서 나를 맞아주던 아이들의 맑은 눈동자가 생각난다.

그 아이들의 용기를 북돋워 주기 위해 핸드볼을 시켰다. 아이들의 씨앗은 금방 자라나, 대구시에서 우승을 했고, 경상북도 도 대항 대회에서 우승을 했다.

결승은 서울에서 열렸다.

아이들은 한 번도 서울에 가본 적이 없었다. 갈 수 있는 여비도 없었다. 그러나 가야 했다. 아이들에게 넓은 세상을 보여줄 다시없을 기회였기 때문이다.

꿈을 향한 아이들은
아름답다

아내에게 돈을 융통해 서울로 아이들을 데리고 갔다.

난생처음 먹어보는 짜장면, 아이들은 그 맛을 잊지 못할 것이다.

눈을 반짝이던 아이들은 준결승에 올랐고,

최선을 다한 경기 끝에 5 대 4로 지고 말았다.

아이들은 눈물을 흘렸지만, 난 안아 줄 수 없었다.

그만……

경기에 너무 집중한 나머지 오줌을 쌌기 때문이었다.

다시 만난
꽃들

울산 현대중공업 강연을 마치고 단에서 내려오는데 한 여인이 다

가와 꽃다발을 안기며 눈물을 흘렸다.

해안초등학교 핸드볼 선수였다는 것이다.

나는 빙긋 웃었다.

내가 이토록 아름다운 씨앗을 싹틔웠구나…….

아이들은 자라 아름답게 변해가고
선생은 늙는구나.

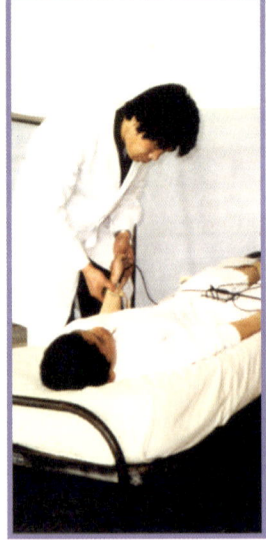

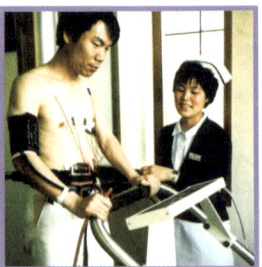

두려우나
가슴 떨리는 일

처음 연세대에 발을 들여 놓았을 때는 모든 것이 암담했다.

해외 유명 대학을 나온 사람들이 즐비했고, 연세대 출신들이 많았다.

난 그저 시골에서 고등학교를 졸업하고 대구에서 대학교, 대학원을 나온 것이 전부였다.

그것도 체육과를 나왔으니, 별종 중에 별종이었을 것이다.

그러나 나는 내가 가장 잘하는 일을 하기로 했다. 치료에 운동을 접목시킨 것이다.

운동치료는 운동의 빈도와 강도를 조절하여 건강을 지켜주는 치료다.

환자들에게는 운동치료와 긍정의 마음을 심어주려 노력했다.

약을 쓰지 않고 좋은 말과 운동으로 처방을 내려주니, 환자들은 점점 신이 나서 나를 찾았다.

모두의 마음에 기쁨과 건강이 함께하기를
바라며, 〈신바람 건강법〉이라 이름을 붙인
것도 그때 즈음일 것이다.

" TV에 처음 데뷔하던 날. "

"사람은 말이야.

주변 환경을 탓하기 전에

스스로를 명품이라 생각해야 돼.

내 스스로가 빛을 발할 땐 우리가

언제 어디서나 명품으로 대접 받는 걸 명심하라고."

– 정태진, 「새벽편지 가족」 중에서

"사진 속의 아내는 웃고 있지만, 그간 흘렸던 눈물
은 내 가슴속에 그대로 고여 있다."

어떤
평강공주

야간, 야간, 야간······.

내일의 꿈을 위해 야간을 전전하며 연구를 했지만, 힘들었다.

아내는 유일한 밥벌이 수단이었던 초등학교를 그만두고 연구에만

전념하라고 하였다.

내 눈에서 눈물이 흘러나오려던 것을 간신히 참았다.

나는 겨우 한 방울의 눈물을 참지만, 아내는 눈물의 강

을 막고 있다는 것을 알고 있었기 때문이다.

하지만 부인 속 터트리는 남편은 좀 살 만해지자 연세대에 또 2억

을 기부하고 말았다.

"신바람 박사로 유명해지니 평소에 만날 수 없었던
사람도 많이 만났다.
히딩크 감독, 이만수 감독, 호기심 천국 MC를 같이
본 류시원, 박소현 씨⋯⋯"

채워지지 않는
그리움

세상에 어느 만남도 소중하지 않은 것은 없다.

어느 날인가 기차를 타고 가다가 옆자리에 앉은 노인과 인사를 하였다.

그런데 그분이 바로 우록 김봉호 선생님이었다.

그 인연으로 선생님은 나에게 지효화군생(至孝化群生)이라는 글을 써주셨다.

지금 그 글은 효도를 전하는 학교인 성산효도대학원으로 자리를 옮겼지만,

그 뜻은 여전히 내 가슴에 남아 있다.

至孝化群生: 효성이 지극한 사람에게는 많은 사람이 모여든다.

아무리,

그렇게 많은 사람을 만나도 채워지지 않는 그리움이 있다.

어머니⋯⋯

잠시 일상(日常)을 접고

삶에 분주한 그 손으로,

아내와 자식들의 손을 잡았던 그 손으로,

어머니의 손을 잡아보지 않으려는가?

그의 머리를

그대 가슴에 기대게 하지 않으려는가?

어머니를 위해서

먼 훗날 후회하지 않을 그대를 위해서.

- 임춘성, 「가끔씩은 늙으신 어머니의 손을 잡아라」 중에서

“ 저 안긴 아이가 나였으면……”

정직이 맺은 열매

아버지가 일을 하러 일본에 나갔을 때이다.

일을 하고 돌아오는 길에 커다란 포도밭이 있었단다. 지친 몸이라 포도알 하나 정도 따먹을 만도 했지만 아버지는 남의 것이라 생각하고 일체 손을 대지 않았다.

어느 날 포도밭 주인이 아버지에게 포도를 싫어하는지 물어보았다. 며칠을 지켜보았는데 한 번도 아버지가 포도를 따먹는 것을 못 보았다는 것이다.

아버지는 남의 것이라 손을 대지 않았다고 대답했고, 포도밭 주인은 아버지의 품성에 반해 얼마 후 포도밭을 아버지에게 넘겨주었다.

내가 아버지의 성품을 닮았다고 하면 자화자찬일까?

무뚝뚝한 얼굴을 한 우리네 부모님은
그렇게 자식에게 미안해하며, 사랑하며
우리 뒤에 항상 서 계신다.

"부모님 처음 서울 구경."

"고향집 뒷밭에서."

"동생 임관식날."

폭탄보다 강한
어머니의 그늘

어머니께서 나를 가져 만삭이실 때, 누나들의 나이는 각각 다섯 살, 세 살이었다.

미국의 폭격기가 일본 전역을 강타하던 그때, 우리 집 위로 폭격기가 지나가는 소리가 들렸다고 한다.

아버지는 집에 폭탄이 떨어질 것 같아서 집에서 나오라고 소리를 치며 집 밖으로 뛰어나가셨다.

그런데 돌아보니 만삭의 어머니는 두 누나를 품에 꼭 끌어안고 엎드려 계셨다고 한다.

그 순간까지 어머니는 자신의 몸보다 자식을 사랑하셨다.

아버지는 그 일을 평생 부끄러워하셨다.

가족
노래자랑

아버님, 어머님과 함께 3대가 모여 가족 노래자랑에 나갔다.

음치들이 모였으니 작전이 있어야 했다.

1. 노래를 외워서 악보 없이 노래하자.

2. 시간이 되는 사람을 최대한 동원해 무대를 채우자.

3. 아버지, 어머니는 노래 대신 안무를 하시도록 하자.

사랑은 언제나 오래 참고

사랑은 언제나 온유하며

아버지는 평생 한 번도 보여주지 않으신 모습을 보여주셨다.

내내 아버지가 어머니를 껴안고 뽀뽀하는 안무를 충실히 해내셨다.

결과는 화목상!

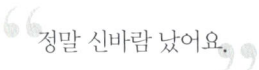

정말 신바람 났어요.

칠남매 가족들이 함께 모여 운동회를……

화목이란
유산

하루가 다르게 조카들이 늘더니, 이제는 손주가 늘고 있다.

나의 사랑, 나의 가족.

3대가 모여서 체육대회를 연다.

훌라후프를 하는 건지 트위스트를 추는 것인지 모를 모습으로 뒤뚱거리고,

찹쌀떡을 입에 물고 하얀 분칠을 하고 달린다.

이렇게 신바람 나게 놀고 나면 스트레스가 모두 사라진다.

우리 다음 세대들도 분명 화목할 것이다.

그들의 눈으로 화목이란 무엇인지 보고 자랐으니 말이다.

화목의
규칙

우리 집이 편안한 이유

첫째, 아무도 술을 마시지 않는다.

둘째, 노름을 좋아하지 않는다.

셋째, 분쟁할 만한 재산이 없다.

넷째, 음식 해 먹고 놀기 바쁘다.

다섯째, 항상 모여 예배를 드린다.

"부모님 모시고 올림픽 공원 잔디밭에서,
이렇게 행복할 수가……"

나는 분명 행복한 사람이다.
이 모든 사랑과 함께 있으니……

가정이야말로 고달픈 인생의 안식처요,

모든 싸움이 자취를 감추고 사랑이 싹트는 곳이요,

큰 사람이 작아지고 작은 사람이 커지는 곳이다.

- H.G. 웰스

월드컵4강의 기쁨 · 대구육상홍보대사 · 이영표 부모님 · 선거운동

나의 나라

얼굴도 모르는 사람들을 위해 목숨을 바친 젊은이들의
이름이 빽빽이 적힌 묘비가 있다.
그들은 모두 누군가의 아들이며 딸이었다.
그들의 희생 덕분에 우리가 있다는 사실을 잊어서는 안
될 것이며, 다시 누군가의 희생이 이 땅에서 벌어지게
해서는 안 된다.

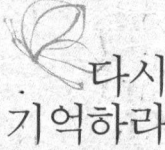
다시
기억하라

워싱턴 주 국회의사당 앞에는 한국전쟁 참전 기념비가 있다.

The Forgotten War

그 밑에는 한글로 적혀 있다.

잊혀진 전쟁

그러나 내 가슴속에는 영원히 지워지지 않는 전쟁의 기억들이 고
스란히 남아 있다.

" 6 · 25 피난길. "

고난의
나날

내 나이 다섯 살.

여느 일요일과 마찬가지로 누나와 교회에 다녀올 때였다.

마른하늘에 울리던, 생전 처음 들어본 천둥 같은 소리에 나는 마을 어귀의 굴다리 속으로 숨어들었다.

그건 총소리였다. 잠잠한 틈을 타 집으로 돌아오자마자 집을 떠나야 했다.

다리가 퉁퉁 부어도 걷고 또 걸었다.

60년이 지난 지금도 부기가 빠지지 않았는지 또다시 다리를 한 번 쳐다보게 된다.

돌아오지 않는
사람들

전쟁이 일어나기 전에도 마을 분위기는 어수선하기 짝이 없었다. 밤만 되면 소위 빨갱이들이 나타나 젊은 장정들을 교육시킨다고 산으로 데리고 갔다.

아버지는 해가 지면 콩밭에 숨어 있다가 날이 새면 집으로 돌아왔다. 빨갱이들은 아버지를 잡지 못하자 집에 불을 놓겠다고 엄포를 놓았다. 어머니가 어린 나를 안고 울면서 통사정을 해서 다행히 봉변을 면할 수 있었다.

그때 아버지는 잡혀가지 않았지만, 잡혀가신 5촌 아저씨와 6촌 형님은 60년이 지난 지금에도 돌아오지 못했고, 생사도 알 수 없다.

나를 지켜줄 나라는 그래서 중요하다.

막사 벽에 KOREA라는 글자가 반세기
동안 외롭게 자리를 지키고 있다.

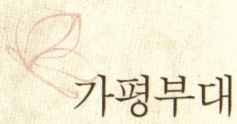

가평부대

캐나다 위니펙(Winnipeg)에는 가평부대가 있다.
우리나라 경기도 가평의 이름을 딴 부대다.

그런데 왜 가평일까?

6 · 25 때 캐나다 군인 800여 명이 위니펙에 집결하여 훈련을 받은 후 우리 나라에 파병됐는데, 인민군 · 중공군과 전투를 치르다가 안타깝게도 경기도 가평에서 모두 몰살당하고 말았다.

캐나다의 젊은 청년들이 자유와 민주주의를 수호하기 위하여 이름도 생소한 이억만 리 낯선 땅에서 죽어갔다.

캐나다 장병들을 싣고 왔던 배와 비행기는 결국, 빈 배와 빈 비행기로 돌아갔다.

현재 가평부대 막사에는 한 명의 군인도 없다. 모두 전사했기 때문이다.

그 이야기를 들으며 나도 가슴이 먹먹해졌다.

나로써 위로가 된다면 어디든 달려간다.

남북 전쟁이 한창일 때,

링컨 대통령은 종종 부상당한 병사들이 있는 병원에 찾아가곤 했다.

링컨 대통령은 한 병사에게 내가 해줄 수 있는 일이 무엇이 있느냐고

말했다.

병사는 대통령을 알아보지 못하고 어머니에게 대신 편지를 써달라고

부탁했다.

대통령은 정성스럽게 편지를 대필해주었고,

병사가 숨을 거두는 그 순간까지 안심할 수 있도록 따뜻한 용기의 말

을 들려주었다.

젊은이를
찾아가는 길

내 아픈 경험 때문에라도, 나라를 지키는 젊은이의 일이라면 무조
건 앞장선다.

연평도에 포격이 있던 그날도 나는 결심했다.

찾아가자. 가서 그들을 위로해주자.

그러나 연평도에는 민간인 출입이 금지되었다. 그래서 난 백령도
로 방향을 돌렸다.

백령도 뱃길은 험했다. 풍랑이 들이쳐 2층에 있는 내 옷이 젖을
정도였다.

평소보다 한 시간이 더 걸려 여섯 시간 만에 도착했다.

그래도 500명의 초롱초롱한 눈동자를 보니 힘이 나고, 나 또한 든
든해졌다.

“ 백령도를 찾아 너무 가까
이 보이는 북녘땅을 바라
보며 장병들을 위로했다. ”

“ 효녀 심청이 몸을 던진 인당수
에 나라 위해 몸을 바친 천안함
용사의 숭고한 얼이 남북통일
의 연꽃으로 피어나기를……. ”

모두에게
고마운 사람들

삼면이 바다인 우리나라에서 자주국방은 무엇보다도 중요하다.

우리 젊은이들을 많이 찾아가 보았다.

통일이 되면 북까지 지하철을 놓고 싶은 제4땅굴,

복잡해서 뭐가 뭔지도 몰랐던 잠수함까지…….

나를 기억하는 장병들은 사인을 해달라고 몰려들곤 한다.

아무렴, 해줘야지.

이렇게 고마운 사람들인데…….

“ 서해안 최북단 백령도. ”

“ 잠수함으로 들어가면서. ”

“ 제4땅굴 앞에서. ”

태안 앞바다에서 기름띠를 닦아내며,
그들의 마음도 박박 닦아줄 수 있었으면……

가슴의 멍도
씻어 주었으면

내가 할 수 있는 또 하나의 애국은 바로 봉사다.

2007년 12월 태안의 시꺼먼 기름띠가 어민들의 마음도 새까맣게

물들이고 있었다.

이제는 주름진 손이지만 그들에게 필요하다면 기꺼이 빌려주고

싶었다.

요즘 깨끗해진 태안반도를 보면 내 가슴도 씻겨 나간

기분이다.

"여수 앞바다 외딴섬에 홀로 사시는 할머니를 찾아,"

스스로
위로 받는 하루

간혹 주택 보수봉사도 나간다.

내가 무슨 망치질을 해보았겠는가! 내 손등이나 안 찍으면 다행이

지. 시키는 대로 이것저것 하다 보니 일이 마무리 되어간다.

할머니는 새로 덮은 파란 지붕을 보시고 활짝 웃는다.

할머니의 웃음에 하루의 피로가 다 풀린다.

참 오길 잘했구나.

모두가
애국자다

해외에 나가보면 애국이란 단어가 절로 떠오른다.

고향이란 말만 해도 눈물짓는 동포들은 모두 애국자다.

시애틀을 방문했다가 우리 예쁜 김연아 선수가 밴쿠버 올림픽에

서 금메달을 땄다는 소식을 접했다.

내 입가에서 웃음이 하루 종일 가실 줄 몰랐다.

작은 일에도 함박 웃음 짓게 하고
또, 커다란 눈물을 떨어뜨리게 하는 것.
그것이 조국

> 워싱턴 주 상원의원 신호범 님의 집무실을 찾았다.
> 성탄절 때는 형제분들을 뵙고 내가 둘째가 되기로 했다.

우리 핏줄 속에
흐르는 것

해외 정치권에도 한국인의 권익을 위해서 노력하는 분들이 많다.
신호범 의원도 그중 한 분이시다.

입양아로 미국에 건너와 독학으로 워싱턴 대학교 교수, 워싱턴 주
상원의원을 역임하셨다.

일본이 역사교과서를 왜곡하자 나와 함께 일본대사관 앞에서 규
탄성명을 발표하기도 하였다.

민주당에도 공화당에도 한국계 의원들이 많다. 이들의 정치색은
다를지 몰라도 조국을 사랑하는 마음만은 일맥상통하니, 과연
이들에게는 한국인의 피가 흐르는구나 하는 것을 느낀다.

한국전쟁 기념비. '만나보지 못한 사람과 그들
의 나라를 지키기 위해 참전한 미국의 아들과
딸에게 경의를 표한다' 라는 문구가 선명하다.

Epitaph

얼굴도 모르는 사람들을 위해 목숨을 바친 젊은이들의 이름이 빽

빽이 적힌 묘비가 있다.

그들은 모두 누군가의 아들이며 딸이었다.

그들의 희생 덕분에 우리가 있다는 사실을 잊어서는 안 될 것이며,

다시 누군가의 희생이 이 땅에서 벌어지게 해서는 안 된다.

영원히
꺼지지 않는 불

미국 대통령의 집무실이자 사저인 백악관을 방문했다.

미국인들은 존경하는 인물로 역대 대통령을 많이 손꼽는다.

링컨, 케네디, 루즈벨트…….

케네디 전 대통령의 묘지에는 그에 대한 사랑을 상징하듯 영원히

꺼지지 않는 불이 타고 있다.

우리 국민들은 존경하는 대통령이 있는가?

모두의 사랑을 받는 정치인이 속히 나오기를 기대해본다.

66 영원히 꺼지지 않는 불. 그런 것이 내 마음에도 타고 있다 99

기쁜 마음을 참지 못하고 베스트바이 앞에서 한 컷.

텔레비전에서
느끼는 조국

해외에 나가면 한국을 사랑하는 마음이 푼수처럼 솟아난다.

10여 년 전만해도 미국의 대표적인 가전제품 매장인 베스트바이에서 한국 제품은 쉽게 찾아볼 수 없었다.

그러나 이제 일본 제품을 제치고 가장 앞에 전시되어 있다.

너무 기분이 좋아서 베스트바이를 배경으로 사진을 찍었다.

모두의 가정에 한 대씩 있는 삼성, LG의 TV겠지만 나에게 이 가전제품은 나라의 상징과도 같았다.

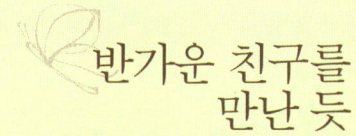

반가운 친구를 만난 듯

장하다 우리 기업!

길을 가다가 현대자동차를 만나면 마치 우연히 길에서 친척을 만난 듯 반갑다.

인도 여행을 하다가 우연히 현대자동차가 두 대나 앞을 지나가는 것을 보았다.

사진을 안 남길 수 없었다.

여행을 통해 한국인으로서 나를 자각하고 세계에 속한 자기 정체성을 발견할 수 있었다.

"나에겐 꿈이 있습니다. 언젠가 조지아의 붉은 언덕에서 노예의
후손과 주인의 후손이 동포애의 탁자 앞에 나란히 앉는 꿈이!"

나라가
나에게 준 자유

대한민국 국민으로서 우리가 누리는 가장 큰 행복은 자유다.

우리는 우리 몸에 대한 자유가 있다. 하고 싶은 것을 마음껏 할 수 있는 자유가 있다.

자유란 공기와 같아서 평소에는 아무런 것도 느낄 수 없다.

하지만 없으면 말 그대로 죽을 수도 있다.

자유를 위해 싸운 링컨 대통령의 동상 앞에서, 또 마틴 루터 킹의 명연설을 들으며 다시 한 번 자유를 생각한다.

링컨의 연설

1863년 11월 19일, 링컨 대통령은 게티스버그에서 열린 전몰장병 추모집회에 기조연설자로 초대받지 못했다. 그런 장엄하고 큰 행사에는 적합하지 않은 연설자라는 것이 주최 측의 판단이었다. 그래서 링컨은 굳이 오시겠다면 적당히 짧게 하나 준비해주십시오, 라는 굴욕적인 요청을 받았을 뿐이었다.

행사 당일, 최고의 웅변가였던 에드워드 에버렛이 장장 두 시간에 걸쳐 기조연설을 마치고 내려왔다. 그 뒤를 이어 연단에 오른 링컨 대통령은 전날 밤에 공들여 쓴 그 유명한 게티스버그 연설을 단 3분 만에 후닥닥 해치우고 내려왔다.

사람들은 연설 맨 끝부분만 기억할 수 있었다.

국민의(of the people), 국민에 의한 (by the people) 국민을 위한(for the people) 정부는 지상에서 영원히 사라지지 않을 것입니다.

" 게티스버그 격전지에 세워진
링컨 대통령을 바라보며. "

나라를 위한 봉사,
나를 위한 봉사

내가 어렸을 때 감명 깊게 읽은 책은 링컨 대통령의 일대기였다.

책 제목도 기억나지 않지만, 이다음에 커서 링컨 대통령처럼 되리라 다짐했던 그 순간만은 생생하다.

격전지 게티스버그에 서 있으니, 다시 한 번 자유를 위해 싸우리라 다짐했던 그 마음이 떠오른다.

링컨의 가장 큰 업적은 국민이 살맛 나는 정치를 했다는 것이다.

나도 그런 봉사를 하고 싶었다.

황영조 선수가 격려하러 왔어요

멀고 먼
봉사의 길

황 박사, 정치는 한마디로 봉사입니다.

신호범 의원의 말처럼 나도 봉사에 뛰어들었었다.

신바람 박사의 인기가 좋아서 초반에는 승승장구했다. 타지역구 후보들 지원 유세를 하다가 그만 우리 지역구 유세를 다닐 시기를 놓치고 말았다.

결국 691표 차로 지고 말았다.

육백구십일, 영육구원……

정치를 하지 말고 영혼과 육신을 구원하라는 주님의 계시던가?

손에 잡히지 않는
그 어떤 것

2007 대선 때는 이명박 캠프에 몸을 실었다.

그리고 2009년에는 경주 재보선 선거에 예비후보로 나섰지만 공천에는 실패했다.

비록 탈락의 맛은 썼지만, 지역 주민들의 응원과 위로를 받은 것은 소중한 기억이었다.

정치의 길은 나에게 손끝에 닿을 듯이 항상 멀어져 갔다.

봉사의 시기를
기다리며

언젠가 한 번은 들어가 볼 곳이라고 생각해서 해외에 나갈 때마다
국회의사당 사진을 찍었다.

시험 쳐서 들어가는 곳이라면 한 번 해볼 만할 텐데, 하
는 상상도 해본다.

아마도 지금까지 진정으로 봉사하겠다는 마음이 부족해서 하나님
께서 기회를 조금 뒤로 미루신 것 아닌가 한다.

우리나라를 닮은
내 인생

나의 인생은 우리나라를 닮았다.

전쟁 때문에 더는 발전할 수 없을 것 같은 나라였던 대한민국. 그러나 수십 년 만에 우리나라는 수혜국에서, 원조를 하는 나라인 공여국이 되었다.

유래가 없는 일일 것이다.

돈도 없어 학교도 겨우겨우 다닌 내가 대학교수를 넘어 외교관인 대사(大使)가 되었다.

대한민국의 기적만큼 내 인생의 기적도 대단한 편이다.

개발도상국 보건의료 협력대사 자격으로 필리핀을 방문했다. 외교관으로 첫 순방을 기념하기 위해 나라에서 제공해주는 어떤 도움도 받지 않고 내가 모든 것을 준비해보기로 했다.

우리 정부가 도움을 주고 있는 필리핀의 한센인 마을에 도착했다.

이 마을에는 장재중 사장님이 사업을 해서 번 돈을 모두 한센인을

위해 쏟아붓고 계셨다.

마을 입구에 자신이 묻힐 작은 묏자리까지 마련한 것을 보니 가슴

이 저려왔다.

6 · 25 때 우리를 도와주어서 고맙다는
감사의 인사를 전했다.

천장이 없는
교회

소동엽 목사님이 운영하는 노숙자 교회를 방문했다.

목사님은 이들에게 단지 빵을 나누어주는 것이 아니라, 세상을 사

는 법을 알려주려 하고 계셨다.

목사님은 필리핀 노점에서 빵을 사 먹으려다 한 거지의 얼굴이

예수님처럼 보여 이곳 필리핀에 눌러앉아 전도를 결심하게 되었

단다.

천장이 뚫려 있으니 우리 말씀이 하늘까지 잘 전달될

거예요.

아이따족

필리핀의 엥겔레스 깊은 산골에는 아이따족이라는 원주민이 살고 있다.

필리핀 정부로부터 아무 혜택도 받지 못해, 나무열매 등을 따먹으며 생활하고 있다.

위생은 물론 아무 의료 혜택이 없다.

이들의 소원은 따뜻한 밥을 먹는 것이라고 한다. 아내는 염소가 이들의 생계를 유지하는 데 무엇보다도 중요한 것이라는 말을 듣고 묵묵히 염소 20마리 값을 챙겨주었다. 내가 공연히 눈시울이 뜨거워졌다.

우리나라의 장충체육관을 세
워준 이들이 바로 이 필리핀
사람들이다. 내가 더욱 열심히
이들의 은혜를 갚아야 한다.

　　　　　"필리핀의 전 인구 중 5%가 결핵환자이며 마닐라에는
　　　　　전 인구의 10%나 된다."

못살아서
걸리는 병

과거 한국에도 결핵환자가 많이 있었다. 영양상태가 불균형일 때 결핵이 많이 발생한다.

필리핀은 국민소득이 우리의 10분의 1밖에 되지 않는다. 그래서 인지 결핵환자가 많다.

이 필리핀 국민들은 코리안드림을 꿈꾸고 있다. 인구의 10분의 1 인 천만 명이 해외에 나가서 돈을 번다. 그리고 수익의 80%를 필리핀으로 보낸다.

한국에 있는 이들에게도 관심을 쏟아야 한다.

강한 나라,
그 이름은 베트남

중국, 프랑스, 미국 등 당대 최고 강대국의 침입을 받았으나 어느

나라에도 굴복하지 않은 나라. 바로 그 나라가 베트남이다.

1975년 월남전이 끝난 후 태극기를 대사관에서 내려야 했으나,

1992년 다시 수교를 맺고 대사관에 태극기가 펄럭이게 되었다.

66 총영사관 앞에 펄럭이는 태극기를 기념으로. 99

오토바이
천국

시내에 들어가니 오토바이가 온 거리를 뒤덮었다. 이 오토바이에 온 가족이 거뜬히 타고 다니는 것이 예사였다. 어지간해서 사고가 나지 않는다고 한다. 어머니 뱃속에서부터 오토바이를 타고 다니기 때문에 균형을 잘 잡는 데는 숙련이 된 것 같았다.

그러나 교통수단의 대부분이 오토바이이기 때문에 교통사고가 나지 않을 수가 없다. 그래서 이 나라 병원에는 뇌수술 환자가 많아 신경외과 의술은 어느 나라 못지않게 세계적인 수준이라고 한다.

쌀국수의
맛

베트남 하면 머릿속에 제일 먼저 떠오르는 것이 쌀국수집이다.

그래서 먼저 베트남 쌀국수집을 찾아 갔다. 한국에서도 미국에서
도 먹어 보았으나 이렇게 맛있는 것은 처음이었다. 국수도 맛있을
뿐 아니라 국물이 입맛을 더욱 돋우어 주었다.

이 집이 마침 빌 클린턴 전 대통령이 방문한 곳이라고 한다.

무릇 입맛은 세계 공통인가 보다.

" 가장 높은 빌딩이 현대건설에서 지은 빌딩이다. "

" 부디 이 병원이 양국의 상처를 치료해주길…… "

연꽃으로 덮은 비문

베트남 다낭은 베트남 전쟁의 상처를 가장 많이 입은 곳이다. 이곳의 비문에는 가족들이 한국군에 의해 죽임을 당했다는 이야기가 새겨져 있다.

우리 정부가 비문을 지워달라고 아무리 부탁해도 그것만은 들어주지 않는다.

다낭에 학교를 세우고 병원을 짓는 등의 성의를 보이자 "지울 수는 없지만 덮을 수는 있다"며 연꽃으로 비문을 덮어주었다.

과거는 잠시 덮어둘 뿐 지울 수 없다는 그들의 정신에서 어떻게 외세의 침략에서 그토록 버틸 수 있었는지, 비결을 알 수 있었다.

일일교사

다낭 근교에 위치한 초등학교를 방문하여 3학년 교실에서 일일교
사가 되었다. 40여 년 전에 초등학교 교사를 지냈던 노하우를 발
휘할 기회가 되었다. 감회가 새로웠다.

베트남 초등학생들의 모습을 바라보면서 이 나라의 미래는 밝다
는 것을 발견했다. 눈빛이 매우 밝았으며, 학습 태도가 무척 좋았
다. 그리고 예의가 발랐다.

베트남은 교육열이 아주 높다. 예절 교육을 가장 귀히 여겨 초등
학교부터 대학생에 이르기까지 예절을 먼저 배우고 공부를 한다
고 한다. 그래서 그런지 인사를 하는데도 남다르게 어린이들의 얼
굴에 생기가 넘쳤다. 이들의 가장 심한 욕이 '선생님에게 야단맞
을 사람'이라고 한다.

> 베트남 다낭은 월남전 상처가 있는 곳으로 한국국제협력단에서
> 초등학교 40개와 병원을 세웠다.

서로 다른
관습

베트남 사람들은 상대방에게 미안할 때는 미소를 띤다고 하며, 야
단을 칠 때 미안하다는 표시로 팔짱을 낀다.

마침 초등학생과 인사할 때 모두가 팔짱을 끼고 인사하는 것을 보
았다. 미안할 때 웃는 모습이나 팔짱을 끼는 자세가 익숙지 않은
우리 한국인들은 처음에는 비웃는 것으로 생각해 결례하는 수가
있으니 조심해야 한다.

전통 빵 '반미' 의
맛도 보았다.

먹을 것 등을 팔기 위해 다니는
아낙네들을 종종 볼 수 있다.

여고생의 교복으로 주로 사용된다는 전통 옷 아오자이.

패망의 순간

베트남의 대통령궁을 방문하였다. 지금은 이 대통령궁을 박물관
으로 보존하고 있었다. 대통령궁을 방문하면서 여러 가지 교훈을
얻었다.

대통령궁이 베트남의 탱크와 전투기에 의해 점령당할 때 베트남
수뇌부들은 옥상에서 헬기로 탈출하였다고 한다. 그것을 그대로
재현이라도 하듯 뜰에는 탱크와 전투기가 배치되어 있고 옥상에
는 헬기가 놓여 있었으며, 대통령궁의 실내는 그대로 보존되어 있
었다. 우리 내외는 대통령궁 방문을 마음으로 새기면서 사진에도
담아 놓았다.

귀국길이 너무 아쉬워 공항식당에 들어가 베트남의 전통음식인
쌀국수를 한 그릇씩 맛있게 먹고 비행기에 올랐다.

▶16 ▶17 ▶18

▶16 ▶17 ▶18

❝월남 대통령궁을 점령
한 월맹 탱크.❞

❝공중에는 월맹 전투기.❞

❝월남 수뇌부는 옥상에서
헬기로 탈출했다.❞

간절히 바라면 이루어지는 것일까?

2012년에도 나라를 위해 봉사할 수 있는 길이 열렸다.

이번에 찾아갈 곳은 검은 대륙 아프리카.

그중 르완다와 에티오피아다.

스무 시간의 비행. 설렘과 기대, 조금의 걱정을 안고 하늘을 난다.

아프리카에 도착하는 순간 아침 해가 떠올랐다.
태양까지 우리 일행을 맞이한다는 생각이 들었다.

"노란 꽃이 리본처럼 달려 있던 나무."

"한국국제협력단(KOICA)에서 세운 르완다 키추키로
종합훈련원 자동차실험실."

르완다의
기다림

노란 리본은 기다림이라 했던가?

노란 꽃이 마치 리본인 듯 우리를 기다리고 있었다.

처음 방문한 르완다는 우리나라 경상도 정도의 면적에 1,000만 명이 살고 있는, 인구밀도가 아주 높은 나라다. 국민소득은 400달러, 전기보급률은 14퍼센트에 지나지 않는다.

마치 우리의 과거를 보는 듯해서 더욱 마음이 애달프다.

66 60년대만 하더라도 우리에게도 괭이와 삽이 전부였다. 99

개척의 땅

인구밀도가 높아서 산간까지 개간을 해야 하는 곳. 그러나 농기구

라고는 삽과 곡괭이밖에 없는 곳. 그곳이 르완다였다.

르완다의 카가미(Kagame) 대통령은 우리나라의 새마을운동을 배

워서 르완다에 번영의 씨를 퍼트리려고 하고 있다.

우리를 배우겠다는데 우리가 나서지 않을 이유가 전혀 없다.

> 국회 건물 벽에는 아직도 총탄의 흔적이 그대로 남아 있다.
> 왜 인간은 이렇게 잔인해지는지……

그리고
눈물의 땅

르완다가 눈물의 땅인 이유는 '제노사이드' 때문이다.

100일간 벌어진 인종 학살로 100만 명이 목숨을 잃었다.

매년 4월 애도기간에는 눈물의 바다가 된다. 부모를 잃은 어린이들은 친척 집에 얹혀산다.

전쟁의 상흔을 치료해줄 성형외과 의사와 산모와 아이들을 책임질 산부인과 의사가 절실히 필요한 곳이다.

“ 물 길러 다니던 우리 어머니의 모습이 바로 저랬다. ”

“ 르완다의 개인택시 오토바이가 손님을 기다리고 있다. ”

선과 악

르완다를 '천의 언덕, 만의 미소'라고 표현한다. 그만큼 국민들이 잘 웃고 인사도 잘한다.

이렇게 다정다감한 사람들이 어떻게 그런 제노사이드를 일으켰을까?

르완다는 독일의 식민지였다가 벨기에의 식민지가 되었다. 20세기 서구 열강의 다툼 속에서 종족 갈등이 일어났다.

이들을 보면서 인간은 누구나 선한 마음과 악한 마음을 갖고 있다는 것을 절실히 느꼈다.

선해지려면 한없이 선해지고, 악해지려면 한없이 악해지는 것이 인간이다.

결국 선과 악은 우리가 어떤 노력을 하느냐에 달려 있다.

검은 유혹

르완다의 유일한 수출품은 농작물이다. 그중 커피가 품질이 좋아 수출품의 대부분을 차지한다.

우리나라에서도 커피 전문점에 가면 르완다 커피를 심심치 않게 만나볼 수 있다.

우리나라 생산 공장을 이곳에 지으면 이곳도 돕고 우리나라의 생산성도 높일 수 있지 않을까 생각해본다.

커피는 다섯 등급으로 나뉜다. 아래로 내려갈수록 좋은 커피 원료라고 한다.

마라톤

르완다는 고온지대에 언덕도 많이 있다.

고온지대는 산소가 부족하기 때문에 이곳에서 자란 사람들은 산

소를 많이 받아들이기 위해 심폐기능이 발달했다.

게다가 언덕이 많아서 이곳저곳을 뛰어다니니 누가 이들을 당할

수 있겠는가?

르완다는 케냐 다음으로 마라톤을 잘하는 나라다.

환경은 사람을 강하게 만든다.

아무리 심폐기능이 좋아도 자동차가 더 좋은 법! 인심 좋은(?) 르완다의 운전사들이 인정을 베풀고 있다.

르완다의
한국인들

르완다에는 많은 한국인들이 한국국제협력재단(KOICA)를 주축으로 활동하고 있다.

키추키로 종합기술훈련원에서는 자동차, 건축, 전기, 컴퓨터 등 각 공과마다 훌륭한 교수님들이 배움의 씨를 뿌리고 있었다.

제 옆은 신 다니엘 박사님, 사진 오른편은 김병관 KOICA 인사실장님.

아프리카의
한류

수도에서 3시간 거리인 무산제의 농과대학에서는 김영모 박사님
께서 종묘법을 비롯하여 여러 가지 농사법을 대학생들에게 가르
치고 있다. 김영모 박사님은 이곳에서 잘 자랄 것 같은 식물로 한
국의 쑥을 생각하고 이곳까지 가지고 와 보급하였다.

더욱이 과외시간을 이용해 한국의 문화를 전파시키는 데도 전력
을 다하고 있다.

아프리카의 한류는 바로 이런 분들이 일으키는 것이다.

김영모 박사님의 강의를 들으려고 사람들이 모인다.

아이들도 덩달아서 엿본다.

" 태양의 대륙에서 태양을 이용하는 법을 가르친다. "

# 시인의 열매

최병익 교수님은 농과대학 교수이시면서 시인으로도 유명하신 분
이다.

교수님은 이곳에서 봉사 활동을 하며 르완다인의 마음을 적시는
시를 펴내기도 하셨다.

낯설고 물선 이곳에서 봉사 활동을 하시는 분이 70명 정도 계신다.

이들의 숭고한 정신에 감사드리며 르완다를 떠났다.

커피의 나라
에티오피아

에티오피아는 커피의 원산지이다. 이들 국민의 커피에 대한 자부심은 대단하다.

그런데 이곳에서 커피보다 더 씁쓸한 경험을 했다. 나와 함께 취재를 온 KBS 일행의 카메라를 공항에서 압수당한 것이다. 취재진이 카메라 없이 무엇을 할 수 있겠는가?

밤이 새도록 설득을 해도 카메라를 돌려주지 않았다.

할 수 없이 교민들의 카메라를 빌려서 촬영했다.

" 에티오피아 커피 전문점. "

" 너무 감격해서 목이 멜 정도로 맛있었던 커피!"

" 그런데 그 커피는 쇠똥으로 끓인단다"

커피
세러머니

이곳 주민들은 귀한 손님이 오면 집 앞에서 '커피 세러머니'를
한다.

우리 일행을 위해서 이곳 주민들이 커피 세러머니를 열어주었다.

집 앞에 불을 피우고 즉석에서 커피를 볶고 간다.

그 자리에서 맛있는 커피를 대접하는 이들의 따뜻한 정이 마음속
에 깊이 새겨진다.

역사의
뒤안길

에티오피아는 한국전쟁 때 우리나라를 도운 16국 중 하나이다.

그런데 지금 에티오피아 수도 한복판에는 김일성 승전탑이 높이

서 있다. 1974년 마르크스 주의자의 쿠데타로 사회주의 국가가

된 후 북한이 외교활동을 열심히 펼친 결과다.

이곳에서는 박정희는 몰라도 김일성은 잘 알고 있다.

이제 대한민국의 상징물을 이곳 수도에 세우도록 노력해야 할 것

이다.

"세상이 바뀌면서 얼마나 많은 사람들이 또 피를 흘렸을까."

내가 온
이유

이곳 주민의 집에 들어가 보니 개, 소, 염소, 닭들과 방 안에서 같이 살고 있었다.

심지어 잠자리도 가축들과 같이 하고 있었다. 그러다 보니 파리는 말할 것도 없고 빈대, 벼룩 등이 들끓었다.

목욕도 거의 하지 않으며 옷은 한 번 입으면 갈아입는 법이 거의 없다고 한다.

내가 이 나라에 온 이유가 이곳에 있었다.

"고기를 주는 소에게는 일을 시키지 않고 나귀에게만 시킨다."

손길

아직도 현역인 마차를 타고 마을을 방문했다.

마차를 타고 가고, 차를 타고 가다가 소 떼가 나타나면 비켜줘야
하는 이곳에서도 도움의 손길을 펼치는 사람들이 있다.
전태아 박사님을 비롯한 봉사자들이 이곳에서도 감동적으로 일을
한다.

“소 떼가 나타나면 길을 비켜줘야 한다.”

개량된 집을 지어주고 태양발전을 시켜주고 창문을 만들어 환기
를 시켜준다.
우리가 아니라 그들의 세상을 위해…….

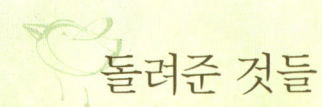

돌려준 것들

한국에서 지어준 학교에서 아이들이 공부를 한다.

내가 몸을 담고 있는 세브란스 병원은 미국의 선교사가 지어준 병원이다.

받았으니 돌려주는 것이 아니라, 받은 씨앗을 더욱 크게 키워서 돌려줘야 한다.

식사를 하기 전에 손을 씻으라고 물을 가져다준다.
그 이유는 능히 짐작되고도 남는다.

음식이 나왔다. 예상한 대로 젓가락도 숟가락도 없다. 그러
나 우리는 태초부터 젓가락을 가지고 다닌다. 바로 손가락.
손으로 먹는 음식은 촉감으로도 먹는다고 한다. 물론 어색
하지만, 정말 맛이 있었다. 잊을 수 없는 맛이다.

176

무대 위에서는 손님을 위한 춤을 추고 있다. 한국에서는 흔치 않은 모습이라 이것도 어색하지만, 덕분에 흥겨운 만찬이 되었다.

솔로몬의 후손들

에티오피아 사람들은 자신들을 성경에 나오는 솔로몬과 시바 여왕의 후손으로 믿고 있다.

지금부터 3000년 전 시바 여왕이 솔로몬 왕을 찾아와 솔로몬의 지혜에 감복하여 어마어마한 보물을 바쳤을 뿐 아니라, 서로 사랑의 꽃을 피워 이들 사이에 메네리크 1세를 얻게 되었으며, 지금 에티오피아인은 이들의 후손이라고 한다.

성경에 나오는 '법궤'가 이 에티오피아에 있다고 전하고 있다. 감추어진 법궤를 찾아 박물관에 비치해 두었다면 세계의 관광객들이 많이 찾을 것으로 믿어 의심치 않는다.

하지만 이곳 박물관은 역사에 비해 너무나 초라했다. 그 귀한 유물들이 아무렇게나 방치하다시피 전시되어 있었다.

역사도 국력이 뒷받침되어야 보존될 수 있다는 것을 새삼 느낀다.

“박물관 앞에 이름 없는 동상이 자리를 지키고 있다.”

아프리카의 모든 일정을 마치고 한국으로 돌아왔다.

언제나 느끼는 것이지만 봉사를 떠났다가 돌아오면 무엇인가 많은 것을 받고 오는 느낌이다.

가슴에 가득 찬 이 뿌듯함 때문에 나는 봉사를 멈출 수 없다.

또 다른, 새로운 기회가 찾아오면 언제든지 나는 또 찾아갈 것이다.

오바마의 연설과
우리나라

우리는 전쟁과 평화, 공황과 번영 등 수없이 많은 일을 겪어왔습니다. 하지만 우리는 그 어떤 위기나 두려움에도 굴하지 않았으며 한마음으로 극복하여 왔습니다. 우리는 지금 전쟁 상황에 놓여 있습니다. 경제는 심각한 혼란에 빠졌고, 해결해야 할 문제들이 산더미처럼 쌓여 있습니다. 이 같은 문제들은 심각한 도전이지만 우리는 선배들이 보여준 불굴의 노력과 긍정적 사고로 극복해야 합니다. 지금 우리가 처한 상황은 좌파나 우파라는 낡은 논쟁을 뛰어넘어 현실을 직시하고 실용적인 자세로 맞서야 합니다. 이데올로기에 사로잡히거나 편협한 사고를 벗어나야 합니다. 변화를 끌어내는 힘은 민주주의의 최고 권력인 국민으로부터 나오기 때문입니다.

2009년 1월 18일자 〈워싱턴 타임스〉에 실린 오바마의 글이다. 우리나라의 대통령이 한국인에게 호소한 내용이라 해도 무방할 것이다.

내가 감히 한국의 오바마는 못 되더라도, 국가를 사랑하고 민족을 사랑하는 마음은 오바마 못지않기에 지금도 가슴이 뜨겁게 뛰고 있다.

Change!
Dream!
Yes, We can!

브라질 예수동상 · 김진홍 목사 · 김장환 목사 · 김수환 추기경 조문

장로 되는 날

나의 믿음

우리 가정은 팔순이 넘은 아버지가 인도하시는 가정에
배를 드린다.
어머니는 생전에 찬송으로 목청껏 장기자랑을 하셨다.
그에 질세라 며느리와 딸들도 찬송가를 뽐낸다.
하나님의 섭리 아래 우리는 항상 화목할 수밖에 없다.

두려워하지 말라 내가 너와 함께 함이라 놀라지 말라 나는 네 하나님

이 됨이라 내가 너를 굳세게 하리라 참으로 너를 도와 주리라 참으로

나의 의로운 오른손으로 너를 붙들리라

- 이사야 41장 10절

"가정 예배.

"어머님 특송.

"세 동서의 찬양과
시누이의 반주.

아버지의 사랑

우리 가정은 팔순이 넘은 아버지가 인도하시는 가정예배를 드린다.

어머니는 생전에 찬송으로 목청껏 장기자랑을 하셨다.

그에 질세라 며느리와 딸들도 찬송가를 뽐낸다.

하나님의 섭리 아래 우리는 항상 화목할 수밖에 없다.

1990년 소행마을

할아버지처럼

우리 집안의 신앙은 뿌리가 깊다.

우리 조상인 평해 황가 17대 황석두 할아버지께서는 기독교를 전파하시다가 순교를 당하셨다.

충북 연풍에 가면 아직도 그분을 기리기 위한 성지가 있다. 이후 24대인 나의 조부부터 다시 예수를 믿기 시작했다.

내가 자란 안강 소평마을에는 작은 마을 치고는 제법 규모가 큰 예배당이 있는데, 작은 예수라 불리는 나의 큰아버지가 성도들과 힘을 모아 지으신 것이다.

어릴 때 뛰어놀던 정든 고향 소평마을이 수몰지구로 사라지고 말았다. 너무나 허전하고 아쉽기 그지없다.

" 고향 교회 예배를 마치고 "

내가 놀던
놀이터

예배시간이 다가오면 온 마을에 종소리가 울려 퍼졌다.

저녁예배를 드리러 갈 때면 가로등도 하나 없어

손전등을 켜고 가야 했다.

교회 앞뜰은 내가 자라난 터전이었다.

당연히 믿음도 자라났다.

"아버지 황봉룡 장로, 어머니 구정순 권사"

아버지의 말

아버지는 항상 에베소서 6장을 강조하셨다.

1절 자녀들아 주 안에서 너희 부모에게 순종하라 이것
    이 옳으니라.
2절 네 아버지와 어머니를 공경하라 이것이 약속이 있
    는 첫 계명이니
3절 이로써 네가 잘되고 땅에서 장수하리라.
4절 또 아비들아 너희 자녀를 노엽게 하지 말고 오직
    주의 교훈과 훈계로 양육하라.

아버지는 왜인지 3절까지만 주로 언급하셨다.

몽골에서도 내 강의를 들으러
오는 분들이 꽤 많았다.
나도 한류다. 봉사의 한류.

" 몽골 후레대학교에서 특강. "

봉사는
나의 신앙

신앙은 봉사와도 일맥상통한다.

몽골에는 어느 정도 종교의 자유가 이루어지고 있었다. 몽골 인구

는 270만 명 정도인데 1990년도까지는 교회에 다니는 사람이 한

명도 없었다고 한다.

지금은 3만 명이나 교회를 다니고 있다고 하는데, 이는 오로지 우

리 한국의 선교사들 덕분이 아닐 수 없다.

받은 것 이상
베푸리니

몽골 사람들은 한국을 좋아한다. 한국에 한 번 와 보는 것이 꿈에
도 소원일 정도라고 한다.

우리 한국교회가 정말 귀한 일을 하고 있었다.

몽골 울란바토르 대학교는 한국의 장로교회에서 세웠고 후레대학
교는 한국 감리교회에서 세웠다. 우리의 선교 헌금이 이렇게 귀하
게 쓰이고 있었다.

지금부터 120여 년 전에 외국 선교사님이 우리 연세대학교를 세
운 것과 꼭 마찬가지로 이제는 우리가 이런 일을 장하게 해내고
있다.

"몽골 전통가옥 '겔' 앞에서.

"초원의 양 떼를 배경으로

내가
바칠 것

미주리 주 스프링필드(Springfield, Missouri)는 미국의 예루살렘이라고 한다. 유명한 가수, 배우, 연극인 등이 은퇴한 후 이곳 스프링필드에 모여 공연 등을 하면서 남은 삶을 즐긴다.

우리 일행은 예수님의 일생을 담은 〈PROMISE〉을 관람하고 큰 감명을 받았다. 예수님의 생애를 세계적인 배우들이 나와서 직접 공연을 하는데 너무나 감동적이었다.

나도 남은 생애를 주를 위해 재능을 사용하고 싶은 마음이 굴뚝같다.

곧 그런 날이 오겠지.

고마운 편지 1

황 박사님! 안녕하세요.

전 허리가 아파 한정원 목사님 소개로 박사님 병원에서 두 번 뵈었는데 누군지 아시겠어요? 그때 저와 상담해주시고 기도도 해주시고 또 허리운동법도 가르쳐주셔서 정말 감사해요.

그런데요, 박사님 좋은 소식이 있어서 이렇게 편지를 드려요.

무슨 소식이냐고요? 그럼 지금부터 그 얘기를 말씀드릴게요. 이거 제 신앙 간증이에요.

제가 박사님하고 만났을 때가 작년 9월 말, 10월 초였어요.

그때 전 물병 하나도 제대로 들지 못할 정도였던 것 아시죠?

그 후로도 건강상태는 비슷했어요.

그런데 11월 12일 날이에요. 그러니까 수능시험 바로 전날이에요.

여느 때처럼 학교에서 공부를 하고 있을 때였어요. 정말 뜬금없이 '예수님께서 고쳐주셔서 이제는 몸이 다 나았다, 이제는 건강하다' 는 생각이 자꾸 들지 뭐예요?

그때 저는 이렇게 생각했어요.

'나는 원래 체력이 너무 약해서 고쳐주셨더라도 건강상태는 지금이랑 비슷하겠지?

그런데 또 그런 생각을 하니까요, 이런 성경 말씀이 떠올랐어요.

사도행전 3장 1절~10절이에요.

베드로와 요한이 앉은뱅이를 나사렛 예수님의 이름으로 고쳐주시니 앉은뱅이가 걷기도 하고 뛰기도 하는 대목이 기록되어 있잖아요.

바로 이 구절이 떠오르면서 '나도 예수님께서 고쳐주시면 내 힘으론 도저히 할 수 없지만 당장 뛸 수 있지 않을까' 하는 생각이 들었어요.

그런데 이 생각이 하나님 뜻에 합당한 건지 아니면 제 생각일 뿐인지 잘 알 수 없었어요.

그런 생각을 하는 가운데 내일이 수능시험일이라 학교 수업이 일찍 끝나 집에 일찍 가게 되었어요.

집으로 가는 도중 버스 속에서도 계속 그 생각이 떠나지 않는 거예요.

'그래. 이것이 하나님의 뜻일 거야.'

이제 생각은 확신이 되어 힘이 나지 뭐예요?

그리고 전에 어떤 목사님 설교 가운데 '마음 가운데 주시는 평안과 기쁨은 곧 하나님의 응답'이란 말씀이 기억났어요.

그러는 도중에 집에 다다라 엘리베이터를 타고(저희 집은 아파트예요), 그리고 다시 내리게 되었어요.

내려서 다시 그것에 대한 생각을 하면서 하나님 말씀을 믿으며 주님의 뜻을 구하는 순간, 제게 말할 수 없이 주님이 주시는 평안과 기쁨이 충만해지면서, '이것이 하나님 뜻이구나, 이제는 건강해졌구나' 하는 것이 믿어지고 그때부터 막 뛰어다니기 시작했어요.

먼저 문을 열고 집에 뛰어 들어가니 어머니께서 놀라시며 "이게 어쩐

일이냐"고 하셨어요.

그래서 전 학교에서부터 방금 전까지 있었던 일에 대해 말씀드렸어요.

그때 전 눈물을 흘리고 있었어요. 주님의 은혜가 너무도 놀랍고 감사하고 기뻐서요.

어머니께서 제가 드린 말씀을 들으신 후 함께 웃으며 너무나도 기뻐하셨어요. 그리고 저와 어머니는 함께 감사의 기도를 드렸어요.

박사님!

너무나도 기쁜 일, 좋은 소식이지요?

그 후엔 며칠 동안 여러 친척 분들과 저를 위해 기도해주신 많은 분들께 차례로 알렸어요.

모두들 너무나도 기뻐하시고 놀라워하셨어요.

그리고 학교에 가서도 막 뛰어다니니 아이들의 눈이 휘둥그레지면서 "너 왜 이래? 허리 안 아파?" "어! 얘 이상하다?" "도대체 어떻게 된 일이야?" 하고 물었어요.

몇몇 친구들에게 "예수님께서 고쳐주셔서 다 나았다"니까 다들 놀라

신기해하며 축하해 주었어요.

그리고 나중에 제 짝인 반장의 권유로, 또 아이들 권유로 아이들 앞에

나가서 공식적으로 제 신앙 간증을 하며 예수님 자랑을 했어요.

저희 반 아이들은 1년 동안 저를 보아 와서 제가 얼마나 아팠는지 체력

이 얼마나 약했는지, 너무나 잘 알고 있었어요.

그런데 하루아침에 뛰어다니게 되었으니…….

제가 그 아이들 입장이라도 너무나 신기했을 거예요.

박사님! 이 말씀을 드리려고 편지 드렸어요.

우리 예수님 정말 멋지시지요? 저도 이제부터 기회가 닿는 대로 박사

님처럼 우리 예수님 자랑하며 살 거예요.

그럼, 안녕히 계셔요.

한 고등학교 팬으로부터 온 편지다. 내가 기적을 일으켰을 리는 없다. 그저 나는 하나님이 하시는 일의 일부를 살짝 도왔고, 소년의 긍정적인 마음이 기적을 일으켰을 것이다.

기적은 원하는 사람에게 찾아온다. 원한다는 것, 그것이 바로 긍정의 힘이다.

고마운 편지 2

황수관 박사님께!

주님의 평강으로 문안드립니다.

은혜 가운데 시작한 새해도 어느새 한 달이 지나는 가운데 이곳 독일

에선 벌써 봄기운이 느껴질 정도로 바람이 포근하게 불고 있습니다.

늘 분주하신 박사님께서 잘 알지도 못하는 저의 글을 읽어주실까 고민

하며 망설이다 믿음과 기대를 갖고 이렇게 펜을 들었습니다.

저는 한국에서 유치원 교사로 일하다 5년 전부터 독일에 살고 있는 언

니 집을 일 년에 한 번 정도 방문하게 되었습니다.

외국 출장과 여행이 잦은 언니 부부의 아이들을 보살피기 위해 독일에

한두 달씩 머무르곤 했습니다.

저의 언니는 10년 전 독일 남자와 결혼한 후 현재까지 독일의 남부지

역 조그만 시골 마을에 살고 있습니다. 언니의 남편은 독일의 부유한

가정에서 성장했으며 지금은 그의 부친의 뒤를 이어 회사를 운영하고

있습니다.

언니와는 10년 전 언니가 제약회사를 다닐 당시, 한국에 출장 왔던 형부와 사귀게 되어 결혼하게 되었습니다.

어릴 때부터 신앙생활을 하던 제 마음속에는 언제나 언니를 향한 바람이 있었는데 언니가 주님을 믿고 하나님을 인정하며 하나님을 의지하고 살아가는 것입니다.

이를 위해 지금도 하나님께 기도하고 있습니다.

그동안 독일 언니 집을 방문할 때마다 종교 서적이며 전도용 테이프를 가져갔지만 언니는 별 관심을 보이지 않고 오히려 "그럴 시간 있으면 형부와 아이들에게 더 신경 쓰겠다"며 외면을 하곤 했습니다.

언니가 40세가 되던 해, 문화가 다른 곳에서 언어불통의 고충과 여러 가지 인생의 큰 고비를 겪으면서 자신도 모르는 사이 스트레스를 받고 힘들어 하던 중이었습니다.

이렇게 힘든 상황에서 제가 언니 곁에서 해줄 수 있는 일이란 그저 언니를 위해 기도하는 일뿐이었습니다. 언니는 병원을 찾아가 상담을 받을 정도로 힘든 상황이었고요.

저는 기회가 닿을 때마다 사람들의 약속도 우정도 깨어질 수 있고 심지어 남편의 사랑도 식을 수 있지만 우리를 지으시고 사랑하시는 하나님의 사랑만큼은 변하지 않는다는 사실을, 또한 죄인 된 우리들이 하나님 앞에 돌아오기까지, 하나님은 기다리고 기다리신다는 이야기를 했습니다.

그리고 전에 가지고 들어갔던 박사님의 간증 테이프를 언니와 함께 듣기 시작했습니다.

박사님! 그런데 정말 기적 같은 하나님의 은혜가 임하기 시작했습니다. 언니는 그동안 하나님을 인정하지 않으며 살아온 자신의 존재를 뉘우치기 시작했고 물질보다 더 중요한 영혼의 구원과 평안에 대해서 깨닫기 시작했습니다.

특별히 박사님의 간증용 테이프를 듣고는 본격적으로 많은 은혜를 받았습니다. 언니는 그 테이프를 듣는 가운데 울기도 하고 웃기도 하며 인생에서의 중요한 의미를 깨달았던 것 같습니다.

또 우리를 축복해주시고 인도하시는 하나님이란 분에 대해서 알기 시작했습니다.

정말 오랫동안 저의 언니를 사랑하시며 기다려주신 하나님의 놀라운 은혜를 저 또한 체험하게 되었습니다.

그때 언니는 황수관 박사님에 대해서 처음 들었기 때문에, 저는 물론 한국에서 박사님에 대해 알고 있었던 부분들을 이야기해주곤 했습니다.

언니는 그 간증 테이프를 한 번 듣기엔 아깝다며 또 듣고 또 듣고 여러 번을 반복하여 들었고 덩달아 저도 함께 은혜를 받았습니다.

그러던 어느 날 아침 그날도 전 여느 때처럼 아침 식사를 하려고 언니

집 식당이 있는 2층으로 내려왔습니다.

언니와 조카들이 빵과 커피가 준비된 식탁 앞에 앉아 있었고, 저도 그들 옆에 앉았습니다.

의자에 앉는 순간! 전 벽에 붙어 있는 표어를 보고 한참 동안 배를 쥐고 웃었습니다.

왜냐면 그 종이에 적힌 내용 때문이었습니다.

항상 기뻐하고 감사하라!

황수관 장모님

하얀 종이에 적힌 두꺼운 파란색 매직펜의 글씨는 분명 언니의 글씨였습니다. 그 느낌과 감동이 얼마나 순수했던지, 지금 생각해도 저절로 웃음이 나옵니다. 언니는 데살로니가전서의 성경 말씀을 전하신 박사님 말씀을 명언쯤으로 생각했던 모양입니다. 교회에 다녀본 적이 없는 언니는 교회 용어를 모르니까 장로님을 '장모님' 으로 잘못 생각했던 모양입니다.

한참 웃고 난 저는 언니에게 자세히 설명을 해주었습니다.

그러자 언니 하는 말 "하나님 말씀이면 어떻고 박사님 말씀이면 어떠니, 또 장로님이면 어떻고 장모님이면 어떠니? 중요한 것은 이 얼마나 좋은 말씀이냐 이거야! 항상 기뻐하고 감사하라!"

어린아이처럼 순수해진 언니를 보면서 저 역시도 그 순수함에 감동과 도전을 받았습니다.

지난 성탄절 여행 땐 언니가 박사님의 간증 책과 박사님의 테이프를 가방에 넣으며 여행 가서도 읽겠다고 했습니다. 이제 언니는 박사님의 팬이 되었습니다. 아니, 하나님의 팬이 되었습니다.

정말 감사하고 감사할 일이다.

내 간증을 들어준 것도 감사한데, 나를 감히 하나님과 동급 취급

(?)을 해주시다니……

너무나도 감사한 마음에 답장을 보내준 것은 물론이다.

내가 쓰임이 있다는 사실에 감사할 사람은 바로 나였다.

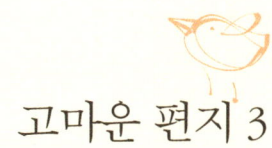

고마운 편지 3

존경하는 황 박사님! 안녕하셔요?

멀리 독일에서 박사님 말씀 듣고 난 이후 하나님께 항상 기도하며 즐겁고 기쁘고 행복하게 살고 있습니다.

제 동생이 한 말은 진짜입니다. 박사님 말씀을 들은 후로는 진실되게 지난날을 회개하며 지내게 되었습니다.

그리고 지금 살고 있는 삶을 하나님께 감사드리며 황 박사님 말씀대로 항상 즐겁고 행복하게 지냅니다. 박사님의 말씀은 처음부터 쉽게 이해할 수 있었습니다.

또한 구수한 사투리가 어찌나 재미있던지요. 건강에 대한 말씀도 무척 유익했습니다. 박사님의 간증은 처음에는 웃었지만 나중에는 저도 모르게 눈물이 날 정도였습니다.

모든 국민들이 황 박사님의 말씀을 듣고 보고 지내고 있으니 한국에서 사는 사람들은 정말 행복한 사람들이라 여겨집니다. 정말 부럽습니다.

저는 독일인 남편과 아들 둘을 두고 사는데, 남편은 사업상 집을 자주

비웁니다. 여기저기 전시회도 다니고 출장도 자주 떠납니다.

그럴 때마다 혼자서 우울해하곤 했었는데 이제는 박사님 테이프도 듣

고 책도 읽고 제 나름대로 마음을 달랩니다.

남편과는 가끔 여행을 합니다. 그럴 땐 항상 박사님 책을 들고 다닙니

다. 읽고 또 읽고, 읽고 또 읽어도 언제나 새롭습니다.

이젠 남편도 황 박사님을 잘 알게 되었습니다.

동생을 통해 박사님과 연락을 갖게 되어 무엇보다도 행복합니다.

다시 한 번 은혜 주신 하나님께 감사드립니다.

안녕히 계십시오.

일전에 내게 편지를 보냈던 바로 그분의 언니가 또 편지를 보냈다.

이렇게 인연이 인연을 낳는 것이 또 인생인가 보다.

❝인연을 만들기 위해 오늘도 나는 인생을 전한다.❞

인생은 즐겁다고 생각하면 언제나 즐겁다. 즐거운
발걸음은 언제나 경쾌하다.

모든 사람들이 가슴속에 품고 있는 것.
그러나 가슴속에 들어 있는지 잘 모르는 것.
그것을 알고 있는 나는

오늘도 행복한 사람이다.

지금도 난
웃음을 퍼트리는 사람

1997년 초 '신바람 건강' TV 강의를 하면서 내 이름이 세상에 알려졌다.

그 이후로 내 별명은 스마일 박사, 웃음 박사다.

난 세상에 웃을 주는 사람이 되고 싶다.

지금도 난 웃음을 퍼트리고 다닌다.

세계적인 가수도 한 번 서볼까 말까 한다는 카네기홀에도 서 보았다.

〈아침마당〉에 출연해서 건강에 대한 이야기를 전한다. 아직도 사람들은 내 얼굴만 봐도 웃음을 참지 못한다. 그것이 행복하다.

요즘 국민들에게 가장 많은 웃음을 준다는 〈개그콘서트〉에도 출연했다. 개그맨만큼은 안 되겠지만, 여전히 나를 보고 웃어준다.

건강한 웃음을 파는 사람.

난 여전히 그런 사람이고 싶다.

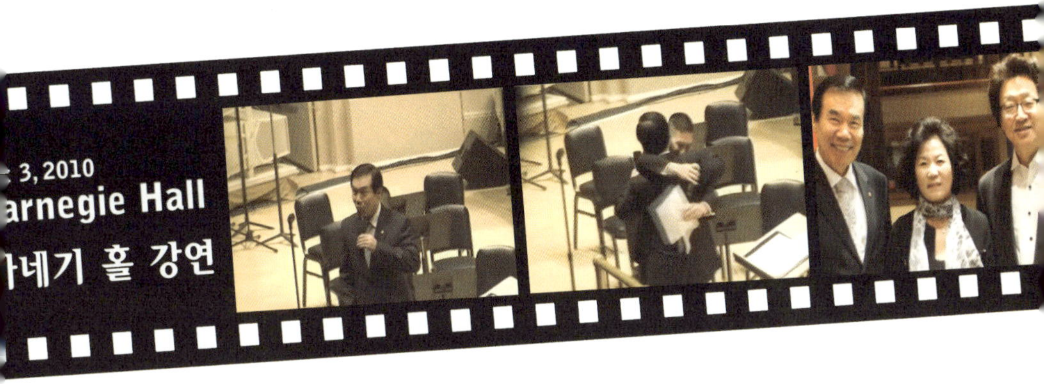
3, 2010
arnegie Hall
네기 홀 강연

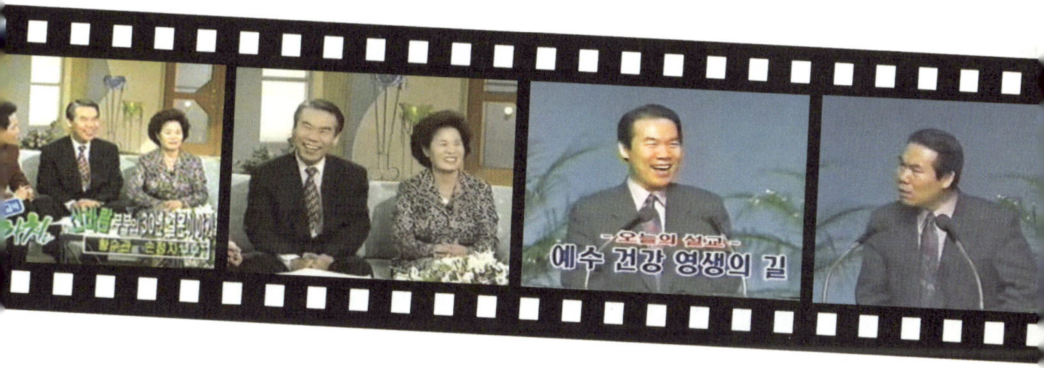
- 오늘의 설교 -
예수 건강 영생의 길

HDSBS
Health Expo
HDSBS
신춘특별기획
황수관박사의
신바람 건강법
황수관박사의
신바람 건강법 SBS
제1부

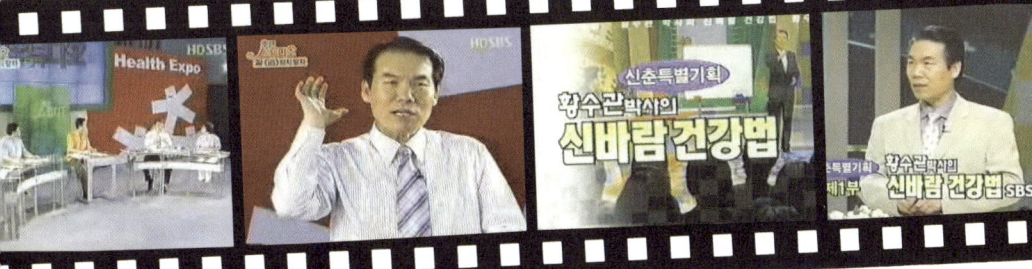

아담이 죄로 인해 부끄러움을 가리기 위해 가죽옷을 입었다. 나는 이런 옷을 여러 겹 입고 있는 부족하고 허물 많은 죄인이지만 일생 동안 행복하고 웃음 가득한 신바람 나는 삶을 살도록 애쓰리라!